UM LUGAR CHAMADO

Dados Internacionais de Catalogação na Publicação (CIP)

Machado, Felipe
  Um lugar chamado aqui / Felipe Machado ; ilustração Daniel Kondo. -- 1. ed. -- Cotia, SP : Tapioquinha, 2023.

  ISBN 978-65-999265-2-5
  1. Encontros 2. Romance - Literatura juvenil

  I. Kondo, Daniel. II. Título.

23-147881   CDD-028.5

Índice para catálogo sistemático:
1. Literatura infantojuvenil   028.5
2. Literatura juvenil   028.5

Henrique Ribeiro Soares - Bibliotecário - CRB-8/9314

FELIPE MACHADO • DANIEL KONDO

UM LUGAR CHAMADO

Para Isabel, em todos os lugares.
F. M.

Para Julia, em todos os tempos.
D. K.

Era uma vez um lugar
chamado Aqui.
Aqui não era uma cidade,
uma aldeia ou um país.

Era simplesmente um lugar.

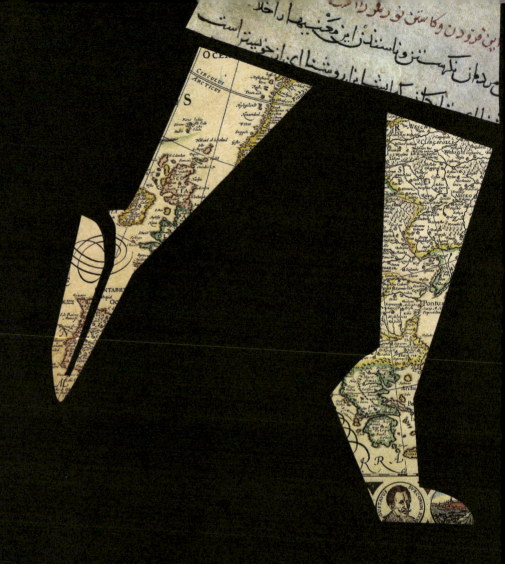

Um lugar para onde
ela e ele fugiam
quando desejavam
encontrar um ao outro.

Combinar esses encontros
em Aqui, no entanto,
nem sempre era fácil.

Porque ela vivia em Lá,
um lugar muito longe,
a quilômetros e quilômetros
de distância de Aqui.

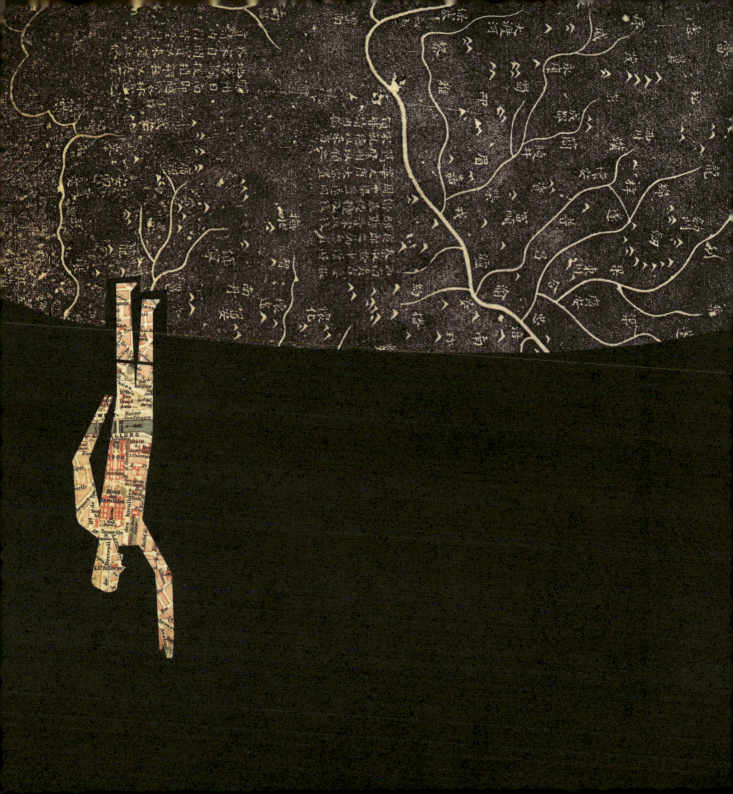

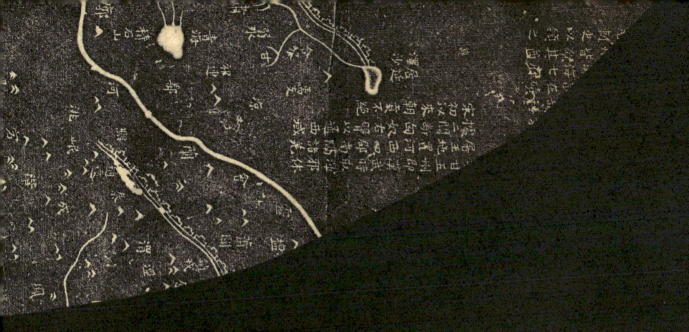

E ele morava
em Ali,
que ficava
do outro lado
do mundo.

A estrada até Aqui
era repleta de
obstáculos,
mas valia a pena.

Os momentos juntos
eram tão bons
que o tempo
parecia parar.

Quando queria ir para Aqui
ele esquecia outros compromissos,
desmarcava com os amigos,
adiantava os ponteiros do relógio.

Ela também se desdobrava:
mudava os horários,
bagunçava a rotina,
deixava as amigas de lado.

Ambos faziam de tudo
para estar em Aqui.

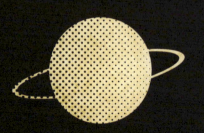

Afinal, Aqui era o melhor lugar do universo.

Uma vez, ele tentou levá-la para Ali...

...mas o barco já havia partido.

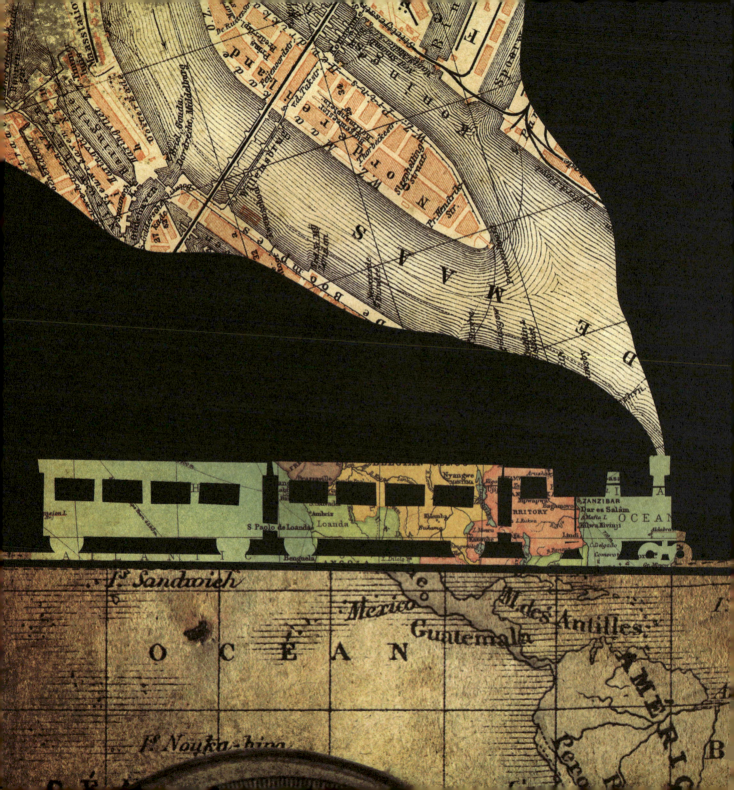

Ela também
o convidou
para conhecer Lá,
mas o caminho
não levava a
lugar nenhum.

Ela e ele sempre ficavam
receosos, pois os habitantes
de Lá e de Ali falavam
línguas diferentes...

...e os dois
temiam ser vistos
como estrangeiros
indesejados.

Decidiram continuar
se vendo em Aqui.

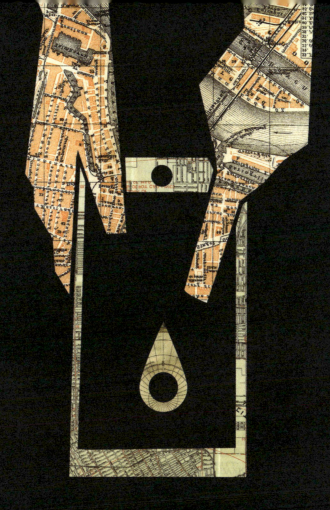

Um mundo em que se
falava um único idioma.

E as estações
foram passando.

Ela em Lá...

...ele em Ali.

E, quando
era possível,
apareciam
em Aqui.

Quando estavam separados...

...a saudade era do tamanho da distância.

As amigas de Lá
e os amigos de Ali
costumavam
perguntar onde
ficava Aqui.

Aqui, porém, não ficava
em um lugar no mapa.

Para chegar em Aqui,
ela e ele tinham apenas que seguir
a direção do vento...

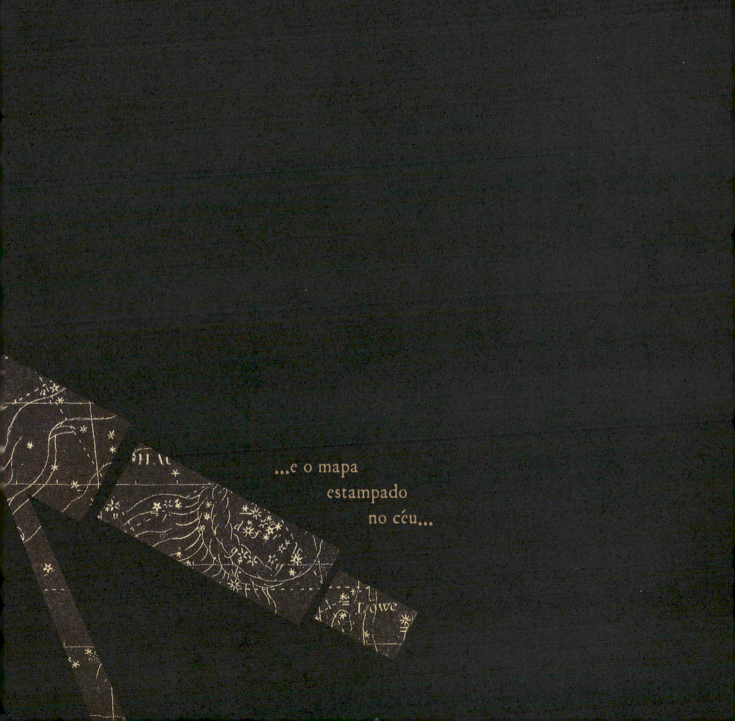

...e o mapa estampado no céu...

...que os levava para o único lugar
onde podiam ser felizes juntos.

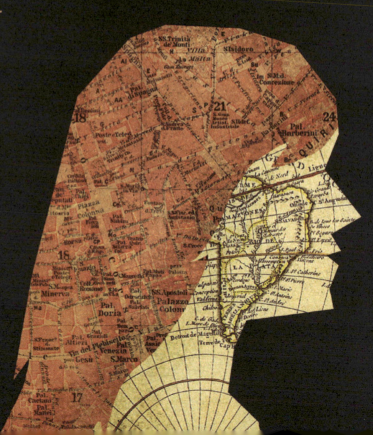

Um lugar chamado Aqui.

Fim.

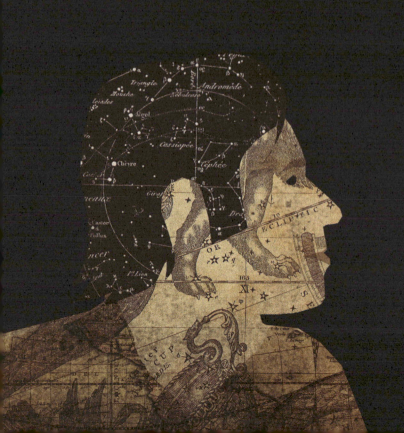

FELIPE MACHADO é escritor, jornalista e músico, não necessariamente nessa ordem. Aliás, de preferência, sem ordem alguma. Já trabalhou em grandes veículos da imprensa brasileira, mas como nunca acreditou nesse negócio de fronteiras, hoje também colabora com diversas publicações internacionais.

É editor do blog Palavra de Homem, em que escreve crônicas sobre música, cinema e comportamento. Guitarrista desde a adolescência, passou a gostar de mapas depois de muito se perder em turnês pelos Estados Unidos, Europa e Japão.

Felipe é autor dos romances *Olhos Cor de Chuva* (Escrituras, 2002) e *O Martelo dos Deuses* (Artepaubrasil, 2007), além dos livros-reportagem *Ping Pong – Aventuras de um Jornalista pela China Olímpica* (Artepaubrasil, 2008), indicado ao Prêmio Jabuti, e *Bacana Bacana – Aventuras de um Jornalista pela Copa do Mundo da África do Sul* (Seoman, 2010).

Aqui, para Felipe, é onde está sua filha Isabel.

DANIEL KONDO nasceu no Brasil, em Passo Fundo, no Rio Grande do Sul. Mas já viveu em Brasília, Bento Gonçalves, Curitiba, São Paulo e Punta del Este. Desde cedo, no entanto, aprendeu que Aqui é onde está o seu pensamento.

Em São Paulo deu início a uma bela carreira como ilustrador, designer e autor de diversos livros infantis. Já foi convidado para duas edições da FLIP (Festa Literária Internacional de Paraty — 2012 e 2014), venceu o Prêmio João de Barro com o livro 'PSSSIU!' (Calis, texto de Silvana Tavano, 2012) e foi duas vezes finalista na categoria Ilustração no Jabuti. Em 2010, recebeu menção honrosa na categoria New Horizons com o livro TCHIBUM!, na prestigiada Feira de Bolonha na Itália.

Suas obras incluem parcerias com grandes nomes da literatura como José Paulo Paes, Flavio de Souza, Guilherme Gontijo Flores, Laura Erber, Heloisa Prieto e Augusto Massi, entre outros.

Aqui, para Daniel, são os dois lugares onde seus filhos estão: Gabriel, lá na França, Felipe e Julia, ali, no Uruguai.

PUBLISHER
José Carlos Junior

PROJETO GRÁFICO E CAPA
Daniel Kondo

OPERAÇÕES
Andréa Modanez

© Felipe Machado e Daniel Kondo
© Pioneira Editorial, 23

Este livro foi composto na fonte Ballard e impresso pela Plena Print em papel alta alvura 150g/m², em outubro de 2023.